연
인

Blue

연인 Blue

1판 1쇄 인쇄 2020년 8월 10일
1판 1쇄 발행 2020년 8월 21일

지은이 이정하 이도하
그린이 문현정
펴낸곳 도서출판 비엠케이

편집 임유란
디자인 아르떼203
제작 (주)꽃피는청춘

출판등록 2006년 5월 29일(제313-2006-000117호)
주소 03998 서울시 마포구 성미산로10길 12 화이트빌 1F
전화 (02) 323-4894 **팩스** (070) 4157-4893
이메일 arteahn@naver.com

값은 뒤표지에 있습니다.

ISBN 979-11-89703-21-9 04810 (연인 Blue)
ISBN 979-11-89703-20-2(전2권)

시로 쓰는 러브스토리

연인
Blue

이
정
하
✕
이
도
하

문현정 그림

Bmk

짧았던 운명, 그러나
끝나지 않은 사랑

사랑이 아픈 것은, 사랑하지 않아야 할 사람을 사랑하기 때문이다. 이루어질 수 없거나 이루어져선 안 되는 사랑. 그러나 그럴수록 더욱 그 사랑에 매진하는 사람들이 있다. 자신의 가슴이 평생 잿더미가 되는 것도 모른 채.

사랑은 하나였으나 우리는 각자의 마음을 시로 써내려가기 시작했다. 남과 여, 두 사람이 서로 사랑하는 과정 속 시각과 생각의 차이. 그 간격은 대부분 우릴 한없는 슬픔에 잠기게 했다. 이 이야기가 실화이건 꾸며낸 이야기건 그건 그리 중요치 않다. 다만 꽉 막힌 현실 속에서도 사랑은 어떻게든 빛을 낸다는 것을 보여주고 싶었을 뿐.

세상 모든 연인들에게 축복이 있기를 바라며….

2020년 이정하
       이도하

제 4 장   이 별 에 서   영 원

뜨겁던 우리의 사랑은

제1장

당 신 의
시 간 에
이 르 기 까 지

당신은
누구시기에
내 앞에
이렇게 서
계신가요?

세상의 모든
풍경들이
정지된 가운데
오로지
너만 내게로

그
순간

모든 게 멈추었다.
바람도 저녁 어스름 햇볕도
호반 위 살랑대던 물결도
심지어 내 숨까지
헉하고 멎었는데

세상의 모든 풍경들이
정지된 가운데

오로지 너만

너만 내게로
조용히 걸어오고 있었다.

별
하나

알지 못했어요,
한 사람이 내게 어떻게 다가오는지.

때마침 노을이 지고 있었고
그보다 더 붉게 물들고 있던 것이
호수인지 내 얼굴인지

보고 있나요, 당신.
내가 걷는 발걸음처럼 천천히
어둠이 몰려오고 있다는 걸.

그 어둠 속에 반짝
별 하나 뜬다는 걸.

눈물을
감춘 채

그때까지만 해도 아무렇지 않았어요.
병원에 가서 약을 타가지고 돌아오는 길,
답답해진 마음에 소양호 산책을 하고, 해 저무는
광경을 보고 발길을 돌렸을 그때까지만 해도.

난 가끔 온몸의 감각을 잃어버려요.
현실을 잃어버리는 일과 같죠.
느닷없이 의식을 잃고 쓰러지기 때문에
내겐 천형과도 같은 병이죠.

당신을 스쳐지나가다
당신의 눈길을 의식하던 그 순간,
나는 갑자기 온몸의 힘이 빠지기 시작했죠.
무거운 눈꺼풀, 어지러운 세상, 떨리는 몸.
그때부터 아무 기억도 없었고,
깨어보니 병원 응급실 침대였죠.

당신은 누구신가요?
흐릿하게 보이는 시야 속으로
걱정스런 얼굴로 우두커니 서 있는 남자,
헝클어진 머리카락을 쓸어 올려주며
내 이마를 짚어보는 남자,
처음 보는 얼굴이지만 이상하게도
전혀 낯설게 느껴지지 않는
당신은 누구신가요?
당신은 누구시기에 내 앞에
이렇게 서 계신가요?

그 따뜻한 체온에
부끄럽고 창피하고 속상한 마음에
가만히 고개를 돌립니다.

눈물을 감추려고.

그녀의
보호자

한 순간, 맥없이 쓰러져버린 그녀.
놀랐고, 정신이 없었지만
당황하고 있을 수만은 더더욱 없었다.
의식이 없는 그녀를 부축해야 했고,
체온이 식지 않게 감싸줘야 했다.

구급차가 왔고, 응급실에 도착할 때까지도 그녀는
깨어나지 않았다. 급한 대로 보호자 란에 사인을 해두곤
연락할 곳을 찾기 위해 그녀의 가방을 뒤졌다.
약봉지가 두툼했다. 정신과 약들.
얼른 간호사에게 인계하곤
그녀의 핸드폰을 찾아드는데
그녀가 깨어나는 기미가 보였다.

식은땀이 흐른 그녀의 이마를 짚어보니
다행히도 온기가 되돌아왔다.
아깐 싸늘했었는데.

고개를 돌리는 그녀의 눈가에
물기가 흐른다. 나는 짐짓 못 본 체한다.
무슨 사연이 있을 것이다. 암, 누구든 사연 없는
사람은 없으니까. 그런데 나는 자꾸 그 사연 속에
끼어들고 싶다는 생각을 한다. 뭔지는 모르겠지만
애처로울 것만 같은 그녀의 사연 속에.

이 무슨 운명의 조화일까,
내 자신의 삶도 제대로 지탱 못하면서
무한히 여려 보이고 슬퍼 보이는 그녀를 위해
내가 뭔가 하고 싶다는 생각, 그녀를 조금이라도
지켜주고 싶다는 생각이 드는 것은.

거부할수록
더 괴로운

사랑하는 것이 두려운 게 아니라
상처받을 것이 두려워요.
또 당신이 나의 참모습을 알게 될까
걱정스럽기도 하구요.

당신을 잃게 되지는 않을까, 당신이
나 아닌 다른 사람을 더 사랑하지는 않을까,
사랑은 항상 나를 안달하고 질투하게 해요.
그래서 나는 차라리 무관심과
혼자만의 고독을 택해요.
그래야 상처도 받지 않죠.

고개를 들어
사랑을 맞이하라

그대여, 사랑이라 믿었던 것에
배반당했다 해서 고개 숙이지 마라.
고개를 들어야 새로운 사랑이
당신에게 찾아든다.

그 고통을 왜 다시 받아야 하느냐고
뒷걸음질치지도 마라.

설사 다시 한 번 아픔을 겪는다 해도
사랑 없는 빈껍데기 인생을
살 순 없지 않은가.

한 발짝
다가서기

외롭다, 라는 말엔 파장이 있다.
내가 외롭다고 느끼는 순간,
그 파장은 점점 커져
나중엔 집채만 한 파도로 나를 삼킨다.
그런 것이었다, 외로움이란 게.
한 번 빠지면 그 속에서 허우적거리다
도무지 빠져나올 수가 없는 모양이다.

그녀 또한 그랬다.
자신도 모르는 사이 그녀의 마음은
높은 벽으로 둘러쳐져 있었다.
사랑일지도 몰라.
그녀의 고민이 깊을수록 나는
그녀의 담장 아래서
서성이는 횟수가 잦아졌다.

"사랑이라 믿어도 될까…?"

그녀는 끊임없이 자신에게
물음표를 던지고 또 던져볼 것이다.
그러다 자신 없이 고개를 내저으며
아득한 절망감에 눈을 감을 것이다.
결론은 역시 그렇다.
그녀에게 사랑은 두려움이었다.
떠올리기만 해도 몸서리쳐지는
악몽 같은 것이었다.

나는 그러한 그녀의 고민을 모르지 않는다.
그녀에게 있어 사랑은 모험이라는 것을.
확신 없이 내딛는 미지의 땅,
그러기에 나는 그녀에게
한 발짝 다가서기가 조심스럽다.

아직도
모르겠어요

사랑이라 믿고 결혼했을 때
난 행복할 줄 알았습니다.

집안의 집기가 다 부서지고
내 몸과 마음이 멍들어가는 날의 연속,
벙어리가 되었고, 많이 아팠습니다.
그 누구에게도 기댈 수 없었던 나는
노을 질 무렵만 기다렸다가
의암호 둘레길을 한참이나 걷곤 했죠.
붉게 물든 노을빛에는
눈물로 얼룩진 내 얼굴이 가려지니까요.

세월이 많이 흐른 어느 날,
의암호 기슭에서 당신을 만나게 되었습니다.
이미 사랑에 실패했던 나는 솔직히
설렘보단 두렵기만 했습니다.
의식을 잃고 나도 모르게 쓰러져버린 그때

나를 부축해주던 그 따스함이.

또다시 여린 새의 가슴 도려내듯이
이미 곪아버린 가슴에 더한 아픔을 주지 않을지
알 수 없는 두려움에 떨어야 했습니다.

이를 어쩌죠?
당신의 마음을 받아들여야 할지
아직도 난 잘 모르겠으니.

지레 겁부터 먹는
그녀에게

그녀의 이전 사랑이 남긴 건
상처나 아픔, 미련 같은 것이 아니라
믿음에 대한 배신이었다.

이별이 아픈 게 아니었다.
그 사람에 대한 믿음이 깨진 것이
못내 쓰라렸다.

"거기서 한 발만 나와 줘."

그렇게 부탁하고 싶었지만
나는 그 말을 입 밖에 내지 않는다.
그건 앞으로 그녀가 고민하고 결정해갈 문제다.
그녀의 인생 앞에 놓인
누구라도 간섭할 수 없는 일,
섣불리 나섰다간 그녀를 더 망설이게 하고
더 움츠리게만 할 뿐이다.

하지만 말이다. 미래가 두렵다고
언제까지 그 속에 갇혀 있을래?
어쩌면 행복이 다가올 수도 있는데
미리부터 슬픔만 생각하는 건 아니냐고.
시작도 해보지 않고 지레 겁부터 먹는 건
아주 바보 같은 짓이야.

이사하기 어렵다고 헌집에 계속
머물러 있을 수는 없어.

비록 말은 하지 못했지만
나의 간절한 눈빛을 알아주기를 바랐다.
지레 겁부터 먹고 한 발짝 움직일까 말까
망설이고 있는 그녀가.

그 한순간
때문에
내 삶은
송두리째
흔들리게
되었고…

내 가슴
빈자리에

왜 이제야 오셨을까요.
다 말라버린 나뭇가지처럼
손 닿으면 부러져버릴 일만 남은 나에게.
눈물방울도 하나 없어 가슴 속
붉은 씨앗 하나 심을 수 없는 나에게.

그대 내게 오시려거든
바람을 몰고 오지 마세요.

모두 부서져버릴지도 모르는
위태로운 나이기에.

이제야 만난
당신에게

이제야 만난 당신을
사랑하는 일이 맞는 것일까요?

아름답던 시절 모두 보내고
마른 나뭇가지처럼 다 타버린 내 모습.
아물 수 없는 상처만 안고 있는 내가
당신을 사랑하는 것이 과연 옳은 일일까요?

위태롭게 살아가던 모습이 전부인 나.
온몸에 남겨진 흉터와 타는 인생길 갈증 속
가진 것 없어 줄 것도 없는 내게
당신은 오아시스인데.

당신을 사랑하는 일이 내겐
미안한 일 아닐까요?

내가 만든
장애물

현실의 벽이 높더라도
사랑하지 않을 수 없는 사람이 있어.

너를 향한 길, 그 길은 처음엔
쉽게 갈 수 있을 것 같았으나 갈수록 그렇지 않았어.
험난한 징애물들이 자꾸만 툭툭 튀어나오기에.
하지만 무엇보다 내 발걸음을 어렵게 만드는 것은
네 앞에서 위축되고 쩔쩔매는
내 여린 마음 때문이 아닌지 몰라.
너에 대한 확신이 없음으로 해서
내 스스로 만들어놓은 장애물.

그렇지만 되돌아 갈 수는 없어.
어디까지, 언제까지 갈 수 있을지 모르지만
이미 들어선 이상 가는 수밖에.
갈 데까지 가는 수밖에.

가지 않을 수
없는 길

세상엔 수많은 길들이 있지만
너를 향한 길은 한 길밖에 없다.

막막한 그 길에 수시로 바람이 불었다.
때로 짙은 안개가 깔려 네 모습이
보였다 사라지곤, 사라졌다 보이곤 했다.

되돌리기엔 너무 늦었다.
이미 들어선 이상
가지 않을 수 없는 것이다.

그대여, 당신을 향한 내 마음을 아는가?
세상에 존재하는 그 수많은 것들이
오직 당신을 통해서만 보이고,
느껴지고, 숨 쉬어진다는 것을.

당신,
모르시나요?

진흙탕 속에서도
꽃을 피우는 연꽃처럼
당신만의 꽃으로
살아가게 될 날을
기다려요.

고통스러운 시간들을 견뎌내야 하겠죠.
내가 가진 모든 욕심을 깨끗이 버린다면
당신을 향한 내 마음을, 내 사랑을
순결하게 봐줄 수 있나요?

불안한 내 마음,
느끼시나요?

바람에 몸을
맡기면

내 몸과 마음
다 부서지고 나서야
비로소 당신 있는 곳에
다다를 수 있나요?

봄이 시작되면
바람의 움직임 따라 씨앗들이
각자의 자리를 찾아가
뿌리를 내리듯.

바람 따라가다 멈추는 그곳이
당신 곁이길.

온전히 몸을 맡겨
당신과 하나 되기를.

너에 대해
궁금했다

서로 다른 공간에서
각자 제 식대로 살다가
생전 처음 너를 마주했는데

그때부터
궁금해지기 시작했다.
지나온 너의 공간이
지나온 너의 시간이

지금, 어디를 가는 것인지
무엇을 할 것인지….

그리고 제일 궁금한 것은,

너도 내가 궁금한가?

당신은
안녕한가요?

집이 왜 이리 덩그런지.

당신이 나를 한없이 작게 만들었어요.
다이어트가 필요했는데 당신이 공짜로….

혼자 있기 싫어 집을 나섭니다.
늘 그렇듯 집 근처 호수예요.
물결 따라 아래쪽으로 걸어봅니다.
당신과 내 가슴이 만나 일으킨 작은 파문,
그 물결 위로 쪽배 하나 띄웠어요.

천천히 기다릴래요.
안녕? 하며 당신께 가 닿기를.

어김없이
너에게로

강물은 어김없이 바다로 향하지.
제 한 몸 온전히 던지기 위해.

그 마음으로 나도 너에게 가.
오늘도 어김없이 너 있는 곳으로.

내 마음 받아줄래?
정말이지 받아줄 수 있겠니?

내 스스로도 감당할 길 없는
너를 향해 꽉 차 있는 이 마음,

네가 좀 덜어줄래?

너와
함께라면

너와 함께라면
나는 행복할 수 있어.
저 먼 길도 길지 않을 거야.
세찬 바람도 헤쳐갈 수 있어.
혼자일 때 나는 아무것도 아닌 존재지만
너와 함께라면 나는 뭐든 될 수 있어.

그런데, 그런데 넌
왜 자꾸 고개를 숙이니?

왜 자꾸 자신 없어 하니?

당신이라는
섬

허기를 느끼며 강가를 걸었던 것은
사막 길 걸어온 듯한 갈증 때문이었죠.

마른 풀잎처럼 시들어버린 온몸의 감각들이
촉촉이 젖어들기를 바라는 마음으로
오늘은 강가를 찾았습니다.

쉼 없이 흐르는 강물을 바라보면서
이제는, 작은 배에 몸을 싣고
강을 건너는 생각을 합니다.

당신이라는 섬,
거기 뱃길 멈추어
닻을 내리고 싶은 마음이
간절했기 때문에.

장마가
그치면

장마철처럼 당신은
내게 다가왔습니다.
천둥과 번개를 동반하고.

미처 대비하지 못한 나,
굵은 빗줄기는
내 몸과 마음을 흠뻑 적셨습니다.
나는 예감했죠, 이 장마가 그치면
곧 폭염이 시작되리라는 것을.

그 뜨거움에
내 온갖 것이 타들어가리라는 걸.

한순간
때문에

생생히 기억나,
너를 처음 만났던 그 순간이.

너 말고는
아무 것도 보이지 않았어.
그 다음 순간, 나는
눈을 질끈 감고 말았는데
그건 아마도 이후에 닥쳐올 슬픔을
미리 예감한 탓이었을 거야.

어떤 한순간,
그 한순간 때문에 내 삶은
송두리째 흔들리게 되었고….

낮 밤
없이

밤하늘에 별이 있다면
내 마음엔 당신이 있습니다.

새벽이 되면 별은 지겠지만
훤한 대낮에도 지지 않는
조각 꿈 하나로

언제나 내 마음 속에
당신이 빛나고 있습니다.

나라는
별

내 손은
별을 이끄느라 애썼는데

그대는 가슴속에
별을 품고 있었던가요?

그대 쓸쓸히 혼자 있는 날,
나 몰래 꺼내 본 당신의 별.
하도 깊숙해서 꺼내기 힘들다던
그 별이 나였던가요?

그　　　　곳　　　　에

우　　　　리　　　　가

있　　　　었　　　　다

더 가까이
오세요
내 따뜻한
가슴으로 안아
드릴 테니

나
당신
열심히
사랑할래요

가랑비처럼
너는 와서

네가 뿌려놓은 가랑비
나는 흠뻑 젖었다.

너의 은은한 눈빛에,
너의 조용한 고개 끄덕임에,
너의 단아한 미소에
나는 다 젖고 말았다.

그 작고 가벼운 것
어느새
내 영혼까지 적실 줄이야.

사랑은
스며드는 일

비가 내립니다.
당신의 큰 웃음소리와
나의 수줍은 미소가 부딪히며
세상의 잡음이 들리지 않습니다.

아스팔트 길 위를 걸으며
우산은 하나만 펼칩니다.
빗줄기에 내가 젖을까 봐 당신은
내 쪽으로만 우산을 펼쳐드네요.

온통 젖은 당신의 한쪽 어깨,
더 가까이 오세요. 다른 한쪽이라도
내 따뜻한 가슴으로 안아드릴 테니.

너에게 가는
길

내 마음이 이토록 벅차오르는 건
너에게 가고 있다는 사실 때문이야.

두 시간 남짓 운전하는 동안
하나도 지루하지 않았지.
차창 밖 풍경은 하나도 보이지 않는 대신
우리가 함께 했던 일들만
주마등처럼 지나치고.

마침내 너의 집 앞,
천천히 걸어오는 네가 보인다.
왈칵 뛰어가고 싶었지만 나는 참기로 한다.
오늘따라 더없이 화사한 너.

가슴이 떨려왔다.
지금부터 세상은, 시간은
나를 위해 존재하는 것.

사춘기
소녀처럼

화장대 앞에서 당신을 기다려요.
보름만의 일이라서 마음이 분주합니다.
자주 오지 못해 미안해하는 당신에게
당신을 이해하고 잘 지내고 있다는 걸
보여주고 싶어요.

긴 머리를 자주 만져주는 당신 손길을 생각하며
오늘은 특별히 향기 좋은 샴푸를 골랐어요.
파운데이션도 칠하고 립스틱도 바르고 있어요.
원피스는 벌써 몇 번째 바꾸어 가며 입었는지 몰라요.
거울 속엔 평소와는 전혀 다른 여자가
나를 보고 웃고 있네요.
당신은 꾸밈없는 나의 청순함이 좋다고 했는데
당신이 내게 오는 날은 이렇게 바쁘답니다.

함께
있어서
좋았지

집 앞에서 기다리고 있는 당신에게
마음과는 달리 천천히 걸어갑니다.
당신은 오늘따라 화장했냐고 물어보네요.
난 그저 천연덕스러운 얼굴로 말하죠.
편하게 기다리고 있다가 나온 거라고.

히, 새빨간 거짓말.

그곳에 우리가
있었다

THE 카페의 2층엔 우리뿐이었지.
의자나 탁자 등 시설은 낡고 조악했으나
꽃이 있었고 창이 있었기에 초라하지 않았어.

색 바랜 창틀에 쏟아지는 오후 햇살,
그 너머 너는 무엇을 하염없이 보고 있을까.
햇빛에 반짝이는 의암호의 물결인가, 아니면
어디로 흘러갈지 모르는 우리의 미래인가.

천천히 블라인드를 내리자
비로소 너는 내게로 눈길을 돌리며
희미하게 미소를 지었지.
밝음이 싫어, 이 순간만큼은.
다른 것들 따위가 대체 무슨 상관이람.
나는 그저 좋았다, 너와 함께 있는 동안은.
너를 이렇게 마주볼 수 있는 것만으로도.

커피는 식어갔지만
내 사랑은 그렇지 않단 말이야.
시간이 지날수록 더 뜨거워졌고,
조금씩 더 진하고 깊어지는 것 같아.

좋았다, 너와 함께 커피를 마시면.
말 한 마디 없이도 충분히 행복했다.
복잡한 말도 물음표도 제쳐두고
그저 나는, 너와 함께 있어서 좋았지.

가끔은
흐린 날

당신과의 드라이브.
도시의 외곽을 다 도는 동안
별 말은 없었지만
당신의 눈빛이 무엇을 말하는지
나는 알고 있어요.

시내가 훤히 내려다보이는 산중턱,
우리가 자주 들렀던 THE 카페에 차를 세웁니다.
2층 창가 맨끝 구석진 자리,
자리에 앉자마자 블라인드를 내리는 당신,
당신은 왜 밝은 것을 싫어할까요?
넓고 소란스러운 세상을 뒤로 하고
함께하는 시간만큼은 보고 싶지 않은 것을
가리고 싶기 때문인가요?

그래요, 가끔은 흐린 날도 좋아요.
당신을 편안히 바라볼 수 있으니까.

눈부시지 않으니
찡그리지 않아도 되잖아요.

서툰
사랑

사람들은 다 다르다.
생김새만 다른 게 아니라
생각이나 마음 또한
다 같을 수가 없다.

그래서 사랑엔 누구든
능숙할 수가 없다.
당신이 그전에 어떤 사랑을 했든
사랑방식을 똑같이 적용할 순 없으니까
다시 시작하더라도 사랑은 서툴기 마련이다.

당신의 사랑에 맞추려 하지 말고
그냥 당신은 당신대로 사랑을 하면 좋겠다.
나는 나대로 사랑을 할 테니.
각자 사랑이 만나고
각자 사랑이 부딪혀서
단 하나뿐인 사랑이 지어지는 거야.

세상 그 어디에도 없는
단 하나의 우리 사랑이.

내 사랑과 당신의 사랑이
어떻게 하나가 되는지 지켜보렴.
생각대로 되지 않는다고
두려울 것도 상처받을 것도 없어.
사랑 앞에선 누구나 초보자이기 때문이야.

나는 그런 당신이 좋아,
서툰 당신의 사랑이.

사랑은 대단한 걸
바라는 게 아니에요

우리는 복잡한 도심의 소리들을 멀리하고
오직 두 사람만의 평온을 찾으러 가죠,
산 아래 공기 맑은 한 카페에 들립니다.
고양이를 세 마리나 키우는 카페죠,
잊지 못할 우리의 첫 데이트 장소이기도 하구요.

당신은, 내게 라떼 한 잔을 시켜주면서
카페 옆 낡은 자판기에서 커피를 뽑아오네요.
난 그런 당신을 보면서
몸에 해롭다고 잔소리를 합니다.
라떼를 나누어 마시자고 해도
도대체 말을 들어야 말이죠.

당신, 참 사랑스러운 면이 많아요.
언제부턴가 담배 냄새 싫어하는 나를 위해
차 안에 향수를 가득 뿌리고 오더군요.
차 안을 빠져나가지 못한 담배 냄새와
향수 냄새가 섞이면 얼마나 머리가 아픈데….
당신의 마음을 알기에 난 모른 척 웃고 말죠.

당신, 참 사랑스러워요.
사랑하지 않을 이유가 뭐가 있을까요?
아 그러고 보니 내가 좋아하는 고양이들 때문에
일부러 그 카페를 데리고 가셨잖아요.
당신은 고양이 털 알레르기가 있어서
고양이는 싫다고 했죠?

우리는 밤늦도록 이야기를 나누며
밤하늘을 바라봅니다.
강가보다 더 깊은 푸른 바다로 흘러갈 우리들의 앞날을
간절한 마음 하나로 기도하며 하얀 별들을 그려갑니다.
늘 무거운 마음으로 살아왔던 나였지요.
혹 가시가 박힐까
단단한 돌덩어리가 되어야만 했던 나의 삶을
이렇듯 부드럽게 만들어준 당신께 감사드려요.
당신도 알아주면 좋겠어요,
풍선처럼 가뿐하게 날아갈 것 같은 내 기분을.

대단한 걸 바라지는 않아요.
하지만 사랑 자체는 참 대단하다 생각해요.
그런데 난 왜 아직도 이다지 어색한지….

아마도 난
널 사랑하는 것 같아

너를 알고부터 나는
나의 많은 것을 잃어가기 시작했어.
나의 관심은 오직
'너'밖에 없었으므로.

이렇듯 너에게 매달리다 보니
내 주변의 것들에 대해선
자연 시들해질 수밖에 없었어.

나의 것보다는 너를 위한 것들에
더 신경이 쓰이는 것,
사랑이 바로 그런 거였어.

다
알아야 할까?

깊은 속마음 보여줄 수 없는 나에게
당신은 안타깝다는 듯 말했죠.

나를 간절히 원하는
너의 눈빛과 목소리를 보여줘.

나는 수줍게 미소만 지어요.
당신은 보이지 않나 봐요,
식을 줄 모르는 열대야 같은 내 마음이.

당신,
내 뜨거움이 아직도 보이지 않나요?

하루에
열두 번도 더

하루에 열두 번도 더
나는 네게 다녀와.
일을 하다가도, 친구를 만나다가도
당장 너에게 뛰어가고 싶은 마음.
불쑥 전화를 꺼내 들다가도
나는 애써 참곤 하지.
네가 불편할까 봐.
네가 곤란할까 봐.

나중에, 다음에, 라며
마음을 다독이자니 정말 죽을맛이야.
너의 상황을 고려하고 배려해서
내 마음을 잠시 미뤄둔다는 것.
그래서 사랑은 힘든가 봐.

듣기
싫은 말

사랑이 시작되면
외로움도 함께 자라나는 것일까요.
온 길로 되돌아 가
당신의 뒷모습조차 보이지 않으면
나는 또 외로움과
친구해야 합니다.

습관처럼 당신은 말하죠.
다음에 또 올게,
나중에 전화할게,
내가 가장 듣기 싫은 말을.

다음에….
나중에….

슬픈
예감

나는 나를 뒤로하고 당신을 기다립니다.
당신은 세상을 뒤로하고 내게 달려옵니다.

나는 막지 않아요,
바쁜 일정 속에서 당신이 내게 오는 것을.
밤늦게 도착한 당신은 늘 피곤해 보였지만
난 미안해하지 않기로 했어요.

세상을 등진 우리는 강가에 차를 세웠죠.
차 안엔 오직 우리 둘뿐이라 행복합니다.
서로의 입김을 나누는 동안 따뜻한 온기로
좁은 차 안에 수증기가 차올랐습니다.

손닿은 곳마다 차창에는 눈물이 흐르네요.
우리는 말없이 손을 잡고 차창 밖을 바라봅니다.
사랑은 물안개처럼 아름답게 피어나지만
언젠가 사라질 거라는 그 슬픈 예감 때문에
오늘도 당신이 오는 길을 막지 않았습니다.

얼마나 남았을지 모르겠지만 그때까지
나 당신 열심히 사랑할래요.

사랑하는
동안

우리 그냥 사랑하자.
얼마가 되든지.

똑같은 마음으로 우리 함께 하기를.
오래 갈 수 있을까 걱정하지 말고
끝을 두려워하지 말고 사랑하는 동안
우리 행복하자.

이 길이 맞는 걸까?
가보지 않고는 알 수 없는 거겠지.
하지만 괜찮아, 맞든 틀리든.
중요한 건 어디든 가고 있다는 사실이야.
이렇게 가다보면 어디든 가 있겠지.
지금보단 더 멀리.

미처 표현하지
못했지만

너는 기억할 거야,
가끔 내가 너를 물끄러미 바라볼 때를.

앞머리가 살짝 흐트러졌을 때
한 손으로 쓸어 넘기는 너의 손동작,
매운 떡볶이를 먹다가 땀이 맺히는 너의 이마,
커피가 뜨겁다며 후후 불며 마시는 너의 입술,
담배 좀 그만 피우라며 가벼이 흘기는 너의 눈,
운동복 차림으로 산책에서 막 돌아온
화장기 하나 없는 너,

그럴 때마다 난
네가 그렇게 사랑스러울 수가 없었어.
왜 그러느냐는 듯 네가 의아한 눈을 지어보이면
난 미소를 짓거나 급히 눈길을 돌리며
다른 말로 딴청을 피우곤 했지만.

실은 그때마다 네가 얼마나
사랑스러웠는지 몰라.

뒤끝 있는
여자

당신이 온다는 소식에
친구와의 약속을 얼른 취소했어요.
그거 아나요? 언제부턴가 나의 시계는
당신을 중심으로 돌아간다는 걸.

따져보니 딱 한 달만이에요.
그동안 뭘 했는데 이제 오냐고,
보고 싶었다고, 어서 오라는 말은 하지 않습니다.
그저 조심해서 오라는 말만.

며칠 전엔 당신 소식이 궁금해서 SNS를 뒤져보았죠.
맙소사, 담벼락을 채우고 있는 뭇 여성들의 댓글들.
당신은 또 얼마나 그들에게 다정다감한지.

전에도 한 번 봤다가 다신 안 보려 다짐했지만
뭐 또 들어가 본 내 잘못이라 두말 않고 덮었죠.
성질이 나 며칠을 끙끙 앓을 뻔했는데
당신이 온다니 봐 줄까요 말까요?

오늘 제대로 걸렸어.
흥, 나한테 못하기만 해봐라.

당신은
마법사

그가 캠핑을 가자합니다.
사실 난 걱정이 많았어요.
차를 오래 타지도 못하고
낯선 곳을 두려워하는 편이라.

하지만 이상했어요.
두 시간 넘도록 휴게소도 들리지 않고
도로를 달렸는데 하나도 불편하지 않았으니.
녹음이 울창한 계곡, 청량한 물소리, 기타연주,
더욱이 그가 모닥불에 끓여낸 김치찌개가
세상에나 완전 환상!

순간, 난 거짓말쟁이가 돼버린 것 같아요.
차도 잘 타고, 음식도 이렇게 맛있게 먹다니.
수면제 없이 잠도 잘 못 자는데
되돌아오는 차 속에서 한참이나 졸았으니.

설마 당신,
나 흉본 건 아니겠죠?

나보다
너에게

너와 함께 하는 시간보다
혼자 있는 시간이 훨씬 더 많지만
나는 이제 혼자가 낯설다.

사랑은 그런가 봐.
나의 익숙함을 챙기기보다
너에게만 익숙하게 만드는 거.

너의 냄새만
맡고 싶은 거.

너의 시간에
자연스럽게 물들고 싶은 거.

고
백

오늘은, 내가 다시
일기를 쓰는 날이 될 것이다.
그녀와 하나가 된 밤이었으니까.

잠은 잘 잤니? 아픈 데는 없어?
쑥스럽게 건네는 나의 말에
묵묵히 미소만 짓는 너.
오늘은 꼭 말할 것이다, 돌리지 않고 직접.
너를 가지고 싶었다고, 너의 냄새, 너의 머리카락
한 올이라도 내 것으로 만들고 싶었다고.

이런 나의 마음을 그녀가 알아주면 좋겠다.
그리하여 이 고백으로 인해 더 많은 고백들을
부끄럼 없이 쏟아낼 수 있게 되기를.
이후, 더 달콤하고 더 황홀한 것들이
내 앞에 펼쳐지길 내심 기대하고 바랐다.

각
인

서로를 애타게 갈구했던 밤이었지요.
당신의 품은 따뜻했고, 입술은 달콤했어요.
하지만 미안해요, 깊숙이 파고드는 당신을
더 깊이 안아주지 못해서.

가빴던 숨이 가라앉은 건 새벽이었죠.
놓치기 싫었지만 거짓말처럼 사라져버린 시간들,
다시 혼자인 이 아침에 내 온몸의 감각들이
당신을 찾고 있네요.

결코 지울 수 없어요,
내 몸에 문신처럼 새겨진
그 황홀한 시간들을.

깊은
속마음

함께 있는 동안은 내 눈만 바라봐주세요.
언제 올지 모를 소낙비 같은 거,
당신은 내게 그렇잖아요. 때문에
함께 있으면 서로 눈을 바라보고 이야기하고 싶다고요.
그거 아세요? 함께 있을 때마다
당신의 눈 감고 있는 모습을 많이 보는 거.
아이같이 투정 부리는 내게 당신은 말합니다.

눈을 감으면 네가 더 잘 보이거든,
세상을 뒤로하고 고요함 속에 눈을 감으면
온 세상이 너로 가득 차오르지.
너라는 세상 안에서
오직 나만이 살고 있는 기분이 들어.

오늘따라
당신의 깊은 속마음 다 보지 못한
내 가벼운 마음의 무게가 보입니다.

촛불
처럼

사랑할 때, 단 한 순간이라도
어느 한 사람을 진정으로 사랑할 때
우리는 그를 위해 조용히
두 손을 모으게 된다.

요란하게 떠들기보다는 속으로 조용히
그를 위한 자리를 마련해주게 되는 것이다.
온전히 그에게 자리를 내어주고
나는 한 발짝 물러서서
조용히 그를 지켜보게 되는 것이다.

제 한 몸 불태워 온 어둠 밝히는 촛불처럼
당신 자신을 태워야 사랑은 그때 비로소
아름다운 불꽃을 피울 수 있다.

함께 가는
철길

그녀에게 가는 길에는 강이 있다.
그 강 주변으론 첩첩으로 둘러싸인 산이 있고,
산과 강이 맞닿는 지점 위에
하늘길인 듯 철길이 놓여 있었다.

철길만 보면 나는 어디론가 가고 싶다.
사람이 보이지 않는 외딴 곳으로.
가끔 나는 숨어 살고 싶다.
아무도 찾지 못하는 곳에서 너와 함께.

길은 혼자서 가는 게 아니라고
철길은 일러주고 있다.
멀고 험한 길일수록
둘이서 함께 가야 한다고.
어느 한쪽으로 기울지 않고
서로 평등하게.

철길 같은
사랑

당신 그거 아세요?
왜 철길은 서로 나란히 놓여 있는지.

두 사람이 함께 가기 위해서는
알맞은 간격이 필요하다는 뜻이에요.
우리 사랑도 그랬으면 싶어요.
서로 등을 돌린 뒤에 생기는 간격이 아니라
적당히 서로를 그리워할 수 있는 간격,
손 내밀면 잡을 수 있는 그 정도의 간격으로
쭉 이어나갔으면 좋겠어요.

당신과 나의 사랑,
꼭 그 철길 같지 않나요?

손 놓지
말아요

가로등 불빛 아래로 어둠이 내려앉고
낙엽 진 은행나무 사이로 비가 내립니다.
신발도 바짓가랑이도 빗물에 젖은 채 천천히 걷습니다.
곧 헤어져야 하나요?
당신과 나는 어디쯤 가고 있는 걸까요?
어두컴컴한 길에서 나는 순간 불안해졌습니다.
표정으로도 내 마음을 읽는 당신은
내 두 손을 꼭 잡아주는군요.
잃어버리면 안 될 물건을 숨겨 넣듯이
당신의 호주머니에 깊숙이 넣습니다.

잃어버릴까 봐
확인하고 확인합니다.

보고픔은
양념

너를 오래오래 사랑할 거야.
비록 곁에 둘 순 없지만
이 사랑으로 내내 행복할 거야.

점심시간,
일행이 있었지만 슬쩍 빠져나와
나 혼자 분식집엘 갔어.
여기에 네가 있으면 얼마나 좋을까,
부질없는 생각일지라도 나는 매번 해.
너를 떠올리는 것만으로도 그냥 좋거든.
함께 할 수 있다는 건 아주 큰 축복이겠지만
나중을 위해 조금 아껴줄 거야.

오늘은 비빔밥을 시켰어.
너를 향한 보고픔도 함께 비벼
맛있게 먹을게.

저 　 만 　 치
다 　 가 　 온
이 　 별

사랑하지
않아서가
아니라
너무나
사랑해서

잠시
떨어져
걸어볼까요

비와
우산

빗소리가 들리면
한참을 망설여야 했어요.

우산을 들고 달려 나가야 할지,
당신 생각만 하고 있어야 할지….

날이
갈수록

이 하루가 지나면
지나간 하루만큼
너의 생각도 덜해질까?

아닐 것이다.
아닐 것이다.

날이 갈수록
네가 더 보고파지니.
시간이 지나면 지날수록
더 간절해지니.

휴대폰
사랑

당신이 묻습니다.
우리가 언제 봤더라? 보고 싶다.
그러면 난 속으로 대답하죠.
음, 난 당신이 늘 곁에 있는 거 같은데요,
언제 어디서 무엇을 하든
당신의 숨결을 느껴요.

그렇지 않나요?
몸만 내게 오지 못하는 거지,
마음은 늘 내 곁에 두고 있잖아요.

휴대폰을 늘 곁에 두듯.

인이
박혔다

내가 담배를 끊지 못하는 이유는
담배를 피우지 않는 동안 끊임없이
담배 생각이 떠오르기 때문이다.
인이 박혔다는 말들을 하지.
그렇게 인이 박혀 있는 한 나는 아마도
평생 담배를 끊기 어려울 것이다.

너 또한 그렇게 내 깊숙이 인이 박혀 있다.
그래서 내가 아무리 애를 써 봐도
끊을 수 없다는 걸 안다.

어쩐지 담배를 피울 때
네가 더 생각났어.

당신은
내 가슴에

지난밤에는 비가 많이 내렸습니다.
당신을 돌려보내야 했습니다.
당신에게 보여줄 거라고는
위태롭게 살아가는 내 모습뿐이라서.

다시, 다가설 수 없습니다.
화장대에 앉아 곱게 화장을 하는데도
눈물이 흘러 고치고 또 고칩니다.

무심한 당신,
빗길에 무사히 갔는지
메시지라도 보내주면 어디가 덧나나요?
당신을 보냈지만 당신은 여전히
내 가슴에 남아있나 봅니다.

그 빗속에도
불씨는 꺼지지 않았어요.

아무리 그래도 난
널 떠나지 않아

너는 시시각각 나를 밀어내려 해.
사랑하지 않아서가 아니라
너무나 사랑해서.

우리가 서로 사랑한다는 것은
현실적인 많은 문제와 어려움 속에 놓이는 일.
그 하나하나를 헤쳐 나가야 한다는 게
결코 쉽진 않겠지.
어쩌면 그동안의 우리 삶 전체가
넘어지고 망가질지도 몰라.

그래서이겠지,
네가 나를 자꾸 밀어내는 거.

그런 너를 보는 것이
나는 더 안타깝다는 거.

내 슬픔의
근원은

세상 살아가는 일이
다 슬픔을 수도하는 일이 아닐까.
내가 바라고 원하는 일은
늘 저만큼 멀리 떨어져 있으므로.

네가 멀리 있음으로 해서
나는 요즘 오로지
슬픔이라는 화두만 붙잡고 있어.
너만 떠올리면 슬픔에 빠져들거든.

내 살아가는 동안 슬픔은
아무리 단련되어도 능숙해지지 않아.
내 마음을 아프게 하는 건
너인가
사랑인가?

허수
아비

참새들이 떠난 가을 들녘,
스산하게 바람이 불어오네요.
그리움에 하늘을 바라보았죠.
당신 떠나간 곳을 향해
눈길 떨구지 않는 허수아비의 마음
그대는 알고 있을까요?

그대에게 사로잡혀서
꼼짝도 하지 않고 자리를 지키는.
어디에도 갈 수 없고
어떤 말도 할 수 없는.

이제 그만할까요?
당신을 부르느라
목이 너무 쉬었어요.

이별보다
먼저

아무런 말도 하지 않았지만
나를 우두커니 쳐다보던 너의 눈빛은
나에게 많은 것을 이야기해 주었어.
그럴 때마다 나는 가슴이 철렁 내려앉곤 해.
네가 내 곁을 떠나갈 그 날이
바로 지금 다가온 듯해서.

내가 만약 너에게 짐이 된다면
언제라도 너를 떠나보낼 수 있다고 생각했지.
힘겨워하는 너를 어떻게 붙잡아둘 수 있겠어.
생각이 많은 날 밤이면 난 꼭 꿈을 꿔.
한 마리 가녀린 새가 날아오르는 꿈을.
내 둥지를 떠나 훨훨 날아가는 새.

기왕 날아가려거든 이별보다 먼저,
슬픔보다 먼저 날아가라.

사랑이 없는 곳,
아픔이 없는 곳으로.

당신을 부를 수
없는 이유는

오늘도 전화가 없습니다.
소란스러운 세상 탓일까요,
당신의 바쁜 일상 탓일까요?

하루 내내 듣고 있는 음악 소리인지
지정해놓은 당신의 전화벨 소리인지
모르는 바보가 되어버린 나.
칭얼거리는 아이처럼 굴지 말라며
오늘 밤은 전화기를 뒤집어 놓습니다.

인정해야만 하는 우리의 현실,
그리고 금지된 것에 대한 욕망,
그렇다면 당신에 대한 나의 사랑은
죄인가요, 벌인가요?

이룰 수 없는 것들은
또 왜이리도 간절한지.
당신을 기다려야만 하는 것인지,
한 걸음 더 물러서야만 하는 것인지.

그래서
아프다①

이제 그만 사랑하고 싶어요.

혼잣소리처럼 하는 너의 말에
내가 굳이 대답할 건 없다.
근데, 왜이리 가슴이 무너질까.

자주 오진 마세요.
전화도 좀 뜸하게 하시구요.

때마침 해가 지고 있었으므로
너의 그 말은 더욱 쓸쓸하게 들렸다.
나는 웃었다, 억지웃음.

지금 이 시간이 지나면 돌아가야 할 것이다.
각자의 자리와 각자의 삶으로.
그것은 죽을 맛이지만 그러나 어찌하랴.
지금까지 끌고 온 삶을 내팽개칠 순 없지 않은가.

그래서 아프다.

당신께 드리는
당부

바람이 불어 떨어지는 낙엽처럼
처음과 끝엔 늘 마음이 흔들려요.

당신,
혹 새로운 사랑이 피어난다 해도
지나는 걸음마다 가끔
소식 전해주시길.

마지막 잎새 떨어진 앙상한 나무
어깨 위로 쌓이는 눈이 녹을 때까지
홀로 서 있을 나에게.

내 안에 살지만
자주 볼 수 없는 당신.

사이와
간격

거울 유리를 마주 봅니다.
손을 내밀어도 당신이 잡히지 않습니다.

당신과 내가 하나였던가요?
울고 웃던 지난날, 깨져버린
우리 마음이 바라보고 있네요.
마주하곤 있으나 스치진 못하네요.

소리 없는 언어로 바라만 보는
잡을 수 없는 외로움의 거리.

당신 뒷모습까지 보고,
당신의 슬픔까지 안아주고 싶은데
우리 사이에 간격이 있네요.

잠시, 떨어져 걸어볼까요?

그래서
아프다 ②

가지려고, 소유하려고 하는 데서
상처받는다는 것을 나는 모르지 않는다.
서로 적당한 간격으로 떨어져 서 있는 나무처럼
그래야 서로에게 그늘을 입히지 않고
그 사랑이 오래갈 수 있다는 것을.

그러나 이상한 일이다.
사랑은, 서로 사랑하는 사람은 이럴 경우
좀 더 다가가지 못해 안달을 부리게 되는 것이다.
제 가슴이 시커멓게 타들어가는 것도 잊은 채.

살아간다는 것과 사랑한다는 것.
그 둘 사이엔 분명 간격이 있다.
우리의 경우, 그게 너무 멀다.

그래서 또… 아프다.

함께
가면서도

끝인가 봐요.

걸음을 멈추며 네가 말했다.
길 끝에는 강이 있었다.
이때를 위해 나는 왜
조그만 나룻배라도 준비하지 않았는지.
너와 하염없이 가고 싶은데….

설마 우리의 끝은 아니겠지?

나는 그녀의 손을 잡으며
저기 강 너머 산자락으로 시선을 옮겼다.
우리가 결코 도달할 수 없는
그 아름다운 풍경에.
함께 길을 가면서도
늘 끝을 떠올리는 우리.

바람에 날리는
눈처럼

눈 내리는 날,
당신이 몹시 보고파서
언젠가 함께 걷던
자작나무 숲으로 향했습니다.

자작나무 숲에도 눈은
집요하게 내리고 있었어요.
앙상한 가지 위에
내 마음 하나 얹어놓으면 안 될까요?
꽁꽁 얼어 서로 부둥켜안기를 바라는
내 마음 하나를.

도무지 알 수가 없습니다.
바람에 날려가는 것이 눈인지 나인지,
아니면 당신인지….

귀
로

차창 너머 너를 본다.

내리는 눈발 속
우두커니 서 있는 너를 보는 것은
세상 무엇보다 가슴 아린 일이었어.
정말 우리 사랑은 언제쯤이면 순조로울 수 있을는지,
이렇게 살다보면 너와 함께 할 수 있을 날이 있을는지,
그런 날이 과연 내 생애 있기는 있을는지….

무언가를 주고 싶었지만
결국 아무것도 주지 못한 채 돌아섰지만
그대여, 나 지금은 슬퍼하지 않겠다.
폭설이 내려 길을 뒤덮는다 해도
기어이 다시 찾아올 이 길을.

너를 향한 마음을 잠시 접어둔다는 것,
차창 너머 아직도 손을 흔들고 서 있는 너.
네 모습이 이토록 눈물겨운 것은
세상에 사랑보다 더한 기쁨이 없는 까닭이다.

차는 출발했으나
나는 출발하지 않았다.
비록 몸은 가고 있으나 나는
언제까지나 네 곁에 머물러 있다.

눈
길

당신 차가 떠나고 난 뒤
그 자리에만 눈이 쌓여 있지 않은 걸 보면서
꼭 그 공간만큼 가슴이 휑하니 비어왔습니다.

집으로 바로 돌아올 수가 없었어요.
여전히 눈은 그치지 않았고,
어둠까지 내려앉은 호반 길을 걸으며
나는 그대 생각을 하나하나 되새깁니다.

가끔,
출발점에서 다시 시작하는 기분이 들어요.
종착지가 얼마 남지 않았을 때 고개를 돌려
처음 시작했을 때를 되돌아보는 것처럼.

당신과 헤어져 돌아오는 길에는

이것저것 참으로 많은 것을 생각하게 되지만
그러나 지금은 단 하나만 생각할래요.
비록 기약이 없다 해도
행여 폭설이 내려 길이 막힌다 해도

당신은 내게 곧 다시 오리라는 것.
당신이 나를 사랑하고
내가 당신을 사랑하는 그것이
우리에겐 길이니까.

당신,
눈길 조심해야 해요.
조심해서 가세요.

살아있기
때문에

흔들렸다.
그리고 비틀거렸다.
주저앉는 나에게 세상의 바람은
더 거세게 몰아닥칠 뿐이었다.

흔들리고 아프고 힘겹다는 것은
내가 살아있다는 뜻이다.
살아있는 자만이 누릴 수 있는
유일한 특권이다.
그래, 살아있다는 것은 어쩌면
큰 축복이 아닌가.

살아있기 때문에
너 또한 만날 수 있는.

일어나서 걸어가자.
당당하게….

그대 걸어온
세월들

마음 휘청거리며
세상을 걸어온 그대 그림자,
얼마나 무거웠을까요.
이제는 그대 인생에서 누리지 못한
시간들을 그늘로 만들지 마세요.

기억 안에서 당신의 땅이 흔들리고
당신의 바다도 흔들리겠지만
운명을 넘어서려는 강한 의지로
당신을 바로 설 수 있게 해주세요.

거센 바람은 끊임없이 불어오지만
운명의 주인은 바로 당신임을
흔들릴수록 강한 향기를
남길 그 이름, 당신.

바로 당신임을.

성
에

당신이 떠나고 간 자리에서
가만히 손을 흔들죠.
찬바람 한 줄기 불어오면
온몸이 시려옵니다.

떠나간 자리에 서서
뜨거운 눈물 감춘 채 뒤돌아서면
주름져버리는 얼굴.

당신이 나를 다시 찾아올 시간 동안
그리워해야만 하는 시간 동안
눈물은 성에가 됩니다.

이따금
나의 가슴을 찌르겠죠.

나는
여전히
작고
초라하지만

당신이
떠나고
난
자리에서

작고
초라한

너를 만나고 돌아오는 길은
늘 마음이 무거웠었다.
다음에 만날 약속이라도 정해놓았다면
좀 덜 그랬을 텐데.
언제 다시 만날 수 있을지 기약할 수 없었기에
나는 우울함을 떨쳐낼 수 없었고,
돌아오고 싶은 마음을 간신히 추슬러 차에 오르면
나는 세상의 한 구석에 홀로 놓인 기분이었다.

너와 헤어져 돌아오는 길이면
나는 또 두려움에 휩싸이곤 했다.
다시는 너를 못 만날 것만 같아서.
그런 마음을 접고 다시금 용기를 내보지만
나는 여전히 작고 초라하기만 했다.

너를 만났다 돌아오는 길이면.

꿈
길

꿈속에서만
열리는 길이 있습니다.

그 길은 너무 멀기에
그대 향한 마음 앞선 나는
먼저 잠들어 당신께로 갑니다.

당신, 아직인가요?
어서 꿈으로 오세요.

홀로
별

저 홀로 싸늘히 빛나는 별빛을 가슴에 안듯
그렇게 시린 마음으로 밤이면 나는 묻곤하지.
사랑은 과연 그대처럼 멀리 있는 것인가?

너의 창가에도 저 별빛은 내리겠지.
더욱 유별나게 빛나리라 믿고 싶은 것은
거기에 내 마음이 담겨 있어서야.

새벽이 오면,
그리하여 저 별빛 또한 사라지면
내 목멘 사랑도 잠깐 쉬어갈 수 있을까.

뜨 겁 던
우 리 의
사 랑 은

그 많은
시간과
공간 속에서
당신을
만날 수
있었다는
것은

우린 이렇게
끝나는 건가요
통증을 잊고
다음 생을
기다려볼까요

빈
고백

빈자리 하나 있었습니다.
당신이 두고 간 커피잔 같은.

당신도 나도, 원하지 않은 것들로
만들어진 늪에 스스로 빠져 있군요.
당신을 보는 순간 왜 내가 보이는지.

당신은 거친 세월 견뎌내기 위해서
나는 모진 세월 살아내기 위해서
서로의 가슴에 사랑이 비집고
들어갈 틈이 없었던 거예요.

야속한 당신,
당신을 알고부터 아파요.
세월은 쏜살같이 흘러갈 텐데
오랜 세월 홀로 잘 버려왔는데
당신이 그만 나를 흔들어버렸어요.

늦은 밤,
애타게 당신을 불러봅니다.

안개였을
것이다

그 도시엔 수시로 안개가 끼었다.
강과 호반을 끼고 있기 때문이겠지만
해가 떠오르는 아침나절이면
온통 뿌옇게 피어오르는
그리움의 입자들.

안개가 걷혀지는 지점은 어디쯤일까.

아주 잠깐,
너에게서 벗어났다고 생각했다.
하지만 그건 나의 생각이었을 뿐
결코 그렇게 된 건 아니었다.

너를 벗어나는 순간
너를 벗어날 수 없다는 것을
알게 되었으니까.

너를 밀어낼수록
더욱 네가 그리우니까.

슬픈
예감

새벽안개 풀어헤치며
산으로 오릅니다.

옷 벗은 앙상한 나뭇가지
파르르 떨고 있는데

분홍 진달래꽃 한 송이 곁에 연둣빛 싹을 틔워
서로의 뜻으로 함께 길들어진
나무 한 그루 보았습니다.

계절을 잊었을까요?
성에꽃 피는 날에도 뜨거웠을 사랑

눈 내리면 시들 줄
뻔히 알면서도.

준비하지 않은
우산

저만치 구름이 몰려 와 있었지만
나는 우산을 준비하지 않았다.
먹구름이 가까이 몰려 와 있다는 것은
곧 비가 내린다는 예고겠지만 그래도 나는
비가 내린다고 믿고 싶지 않았다.

저만치 와 있는 이별.

나는 애써 부정하고 싶었다.
먹구름이 갈수록 짙어지고 있었지만
끝내 비는 오지 않을 것이라고.
끝내 우산을 준비하지 않은 까닭은
비가 내리지 않기를 바라는 마음이
더 앞섰기 때문이었다.

그래도 비가 내린다면
글쎄, 흠뻑 젖고 말아야지.

밤하늘에
당신을 묻어요

배우고 싶지 않은 일이었어요.
누군가를 내 가슴 속에서 숨 쉬게 하는 일.
내가 그를 보고싶어 하고,
그를 좋아하게 되며 사랑하게 되는 일.

사랑할수록 난 불안해졌죠.
언젠가는 남남으로 돌아설 운명임을 알기에.
알 수 없는 불안한 미래를 걷다 보면
벼랑 끝에 서 있는, 어쩌면 추락할지 모른다는 생각.

영원히 우리 함께 하자,
사랑하는 연인들이 하는 그 흔한 말을 못했어요.
언제나 가슴 속으로만 간절하게 부르는 말이죠.

오늘은 보내야지,
내일은 보내야지,
안 돼, 조금만 더….

조마조마한 내 마음을 당신은 알고 있는지.
이젠 머리가 아닌 마음이 몸을 지배하는 것 같아요.
요즘 들어서 숨쉬기가 부쩍 힘들거든요.
사랑할수록 더 커져만 가는 불안함에.

내일 눈을 뜬다면 이별한 뒤일지 모를 일이라며
잠자리에 들어요. 그리곤 창 열어 밤하늘을 바라보죠.
누군가 가르쳐 주지도 않았지만

특별히 배우지 않아도 되는 일을 해버렸죠.
이제 당신을 밤하늘에 묻어야 할 때가
가까워 왔음을 느껴요.
저 별빛으로 놓아줄 때가.

미안해요,
당신을 많이 사랑했습니다.

나는
그저

나는 알지 못한다,
네 슬픈 눈빛이 무얼 말하는지.

나는 알지 못한다,
반갑게 맞이하다가도
신나게 재잘거리다가도
언뜻언뜻 고개를 숙이거나
순간순간 먼 하늘을 바라보는
너의 하염없이 슬픈 눈빛을.

나는 알지 못한다,
무엇이 발을 걸어와 우리 사랑을 넘어지게 하는지,
밝음 뒤편에 도사리고 있는 어두운 그림자들.
네 불안한 눈빛, 너의 그 흔들리는 마음까지.

정말이지 나는 알고 싶지 않았다,
우리 사이를 휘감고 도는 슬픔의 입자,
그 빌어먹을 현실의 굴레들을.
나는 그저 너를 사랑할 뿐.

너와 함께 하면 행복한데 왜?

사실
많이 아파요

머리가 깨질 것 같아 눈을 겨우 떴습니다.
침대 밑으로 약이 많이 쏟아있는 걸 보니
난 밤새 또 무슨 짓을 한 건지.

당신에게서 온 부재중 전화와 메시지들.
전화 좀 받아줄래? 괜찮아, 난 다 이해할 수 있어.
내겐 그 어떤 소리도 해도 돼. 그러라고
내가 있는 거잖아. 메시지라도 남겨 줘.

새벽에 난 깨달았죠.
내 안의 의심과 분노가 살아있다는 것을.
세상을 불신하고 사랑을 외면했었던 나의 모습.
정신이 반쯤 나간 채로 당신에게 보내버린 문자메시지,
미칠 것 같은 감정의 소용돌이에 휩싸여
당신 가슴에 차가운 대못 하나 박아놓았다는 것.

내 앞에서 사라지라고, 더는 사랑 같은 거 못한다고.
당신에게 나는 뭐였냐면서 난 아직
세상이 원망스럽고 아프다는 것을.
당신은 요즘 내 건강이 부쩍 나빠져서
하는 소리라고 믿겠지만
이제 더는 참을 수 없습니다. 너무나도 감당할 수 없는
나도 모르게 찾아오는 나의 인격 장애를.
수없는 망상들로 내가 가장 사랑하는 이를
괴롭힐 수 있다는 거.
그건 너무 잔인하잖아. 너무 고통스러워.
혼자서도 씩씩하게 잘 살아왔는데.
당신이 내 가슴을 비집고 들어온 거잖아.
이유 없이 모두 당신 탓하고 싶어.

당신 삶도 힘들고 어지러운데
왜 많고 많은 사람 중에 온전치 못한 나를 알았을까.
그리고 난 사랑하면 괜찮을 줄 알았는데
아직도 유리 조각처럼 조각난 기억들이 떠오르면
사랑에도 발작이 온다는 것을 느끼고 있습니다.

사실 나는 점점 많이 아파요,
당신이 완전한 내 사람이 될 수 없음에.

나도
사실 괴롭다

잘 있긴 한 거지?
전화로만 메시지로만
겨우 안부를 물을 수 있는 나를 용서해 줘.
보고 싶을 때 볼 수 없고
곁에 있고 싶지만 곁에 있을 수 없는,
나 혼자의 가슴속에만 묻어두어야 하는
너를 어쩌면 좋으니.

'자격'이란 걸 생각한다.
과연 내가 너를 사랑할 수 있는
자격이 되는 것인지.

사람이 사람을 사랑한다는 것은
결코 부끄러운 일이 아닐 것이다.
그런데도 오늘 나는 무척 부끄럽다.
너한테 해줄 수 있는 게 별로 없다는 것이.
네가 정말 나에게 원하는 것이 무언지 알면서도
모른 척 시치미만 떼고 있어야 한다는 것이.

별일은 없는 거지?
가까이에 있지 못하고 멀리서
안부를 물어야 한다는 사실이,
그저 안부를 물을 수밖에 없다는 것이
나는 사실, 부끄럽고도
많이 괴롭다.

당신 손을
놓습니다

오늘 난 당신에게 강가의 노을이 보고 싶다 했지만
우리의 발길은 자작나무숲을 향하고 있어요.
당신, 나의 나무 같다던 말을 기억하시나요?
추위에 약한 내게 온몸을 데워 따뜻이 감싸주었고,
내 아픈 상처와 흉터를 나무의 이파리들이 가려주듯
당신의 넓은 마음은 늘 포근했지요.
우리의 슬픔을 예감한 듯 나무들이 출렁거립니다.
당신도 느끼고 있겠죠? 당신과 나의 모습 같다는 거.
사랑하는 마음 애써 누르며 나는 말합니다,
당신을 떠나야겠다고. 당신 곁에서 나는 사라질 거라고.
그리곤, 당신 손을 놓습니다.

때마침 노을은 왜 지는지.
처음 만났던 그날처럼 슬프고 아름다운 노을빛,
절절했던 당신의 마음도 나의 마음도
산 아래 지는 노을처럼 저물어 가는가요?
우리의 통증을 어떻게 해야 할까요?

우리 사랑을 다시 볼 수 있을까요?
통증을 잊고 다음 생을 기다려볼까요?
당신은 과거도 미래도 필요 없다 했었죠?
현재를 행복하자고, 가슴 열고 당신 인생
마지막으로 후회 없도록 사랑하겠다고.
굳게 닫은 그 입술 열어줘요.
차라리 거짓말이었다고 말해줄래요?

우리 뜨거운 사랑 뒤로 하고
눈을 감으면 떠오르는 얼굴들을 알기에
당신을 지켜주고 싶어졌어요.
난 이별이라 말하면서도 괜찮다고 말하죠.
떠날 당신 뒷모습 보는 일 아프지만
당신 돌아갈 편한 발걸음 길을 지켜주었으니까.
떠나가는 당신 뒷모습을 바라보면서도
난 결코 울지 않을 거니까.

왜냐고 굳이 묻진 마세요.
당신 보내고 돌아와 다시 혼자가 될 나에게
뼈마디 시린 고독이 나를 찾아오겠지만
우리 치명적인 사랑은 위험하니까요.
처음 당신 사랑을 알고 나서
스스로 약속한 것을 지켜야 하니까요.
주체할 수 없을 정도로 내 감정이 자라면
난 당신 안으로 끊임없이 추락할지 모르기에
그런 불안한 나를 안고 힘겨워할 당신,
그런 당신을 지켜주고 싶기에 보내야 한다는 걸.

사망
신고

수없이 헤어지는 연습을 했지만
정작 그 순간이 닥쳤을 때는
그동안 연습한 것이 아무 소용이 없었다.

만날 때부터 이별을 예감했고,
그래서 내 나름 준비를 해오긴 했으나
이별은 차라리 어느 날 갑자기
불쑥 하는 것보다 못했다.

이별 통고를 받고 아무 일 없다는 듯이 돌아섰으나
그때부터 나는 아무것도 할 수 없었다.
내 눈과 귀, 하다못해
미세한 세포 하나까지도 멈췄기에.

깜깜했다, 관 속에 들어 있는 것처럼.

내가 나의 장례를 치러야 했다.

나만
정전

너의 집 앞,
너는 돌아가 달라고 했지만
나는 마냥 기다리기로 했다.
나오지 않을 거라고 짐작되었지만
내 발은 한 발짝도 떼어지지 않았다.
마치 네 맘속에서 언제까지나
머물러 있고 싶은 것처럼.

담배에 불을 붙였다.
벌써 몇 개째인지 모르겠다.
그전보다 더 깊이 연기를 들이마셔 보았지만
타들어가는 나의 마음을 가라앉힐 수 없었다.
끝까지 태우지 못하고 담배를 비벼 끈다.
우리에게 부여된 시간은 여기까지인가,
우리의 사랑은 이제 다한 것일까,
아닐 것이라고 애써 부인했지만
불안하고 초조한 마음을 감출 수 없었다.

다시금 담배를 찾았지만
비어있는 담뱃갑.
그동안 너의 집에 불이 꺼졌다.
정전은 결코 아닌데….

나만 정전,
그대로 암흑이다.

내 안에서
당신이 빠져 나갑니다

단호히 거절했지만 기어이 오셨군요.
창밖으로 보이는 집 앞 주차장, 당신은
한숨보다 짙은 담배연기를 내뿜으며
가슴 텅 빈 모습으로 우두커니 서 있네요.

생각이 멈출 때가 있죠,
기억상실증이나 치매 환자처럼.
때문에 나를 둘러싼 모든 공간은 정전이 되었어요.
당신만 보면 생기가 돌던 얼굴도 식어버려서
작고 초라해져버린 내 모습 보기 싫어
밝아 보이는 불은 모조리 꺼버리고 있으니까.
기억을 잊은 듯 현실과의 연결고리인
플러그들을 모두 뽑아버렸으니까.

당신만은 내게 뿌리 깊은 나무처럼
굳건히 곁에 있어주길 바랐긴 했었죠.
하지만 겁쟁이처럼 뒤로 물러서기만 하는 내 모습을 보며 나는 마음을 고쳐먹어야 했어요.
물도 제대로 주지 못하면서 어떻게….
당신에게 너무 미안해요, 짧은 운명으로
우리 모든 것을 시들게 한 것에 대해.

여전히 집 앞에 서 있는 당신을 보며
나는 마지막 남은 불빛의 스위치를 끕니다.
그리고 진심을 다해 바랐습니다, 어서
벗어나세요, 이 어둠 속에서.

너는
없다

어쩌면 나는, 네가 올 수 없다는 것을
미리 알고 있었는지도 모르겠다.
그래서 너를 기다린다는 것은
다시금 절망을 확인하는 일이다.

카페에 앉아 커피를 마시면서도,
나 혼자 호수 길을 찾아가 거닐면서도
자꾸만 주위를 두리번거리는 것은
어쩌면 너를 마주칠 것 같아서이다.
뒤를 돌아보며 자꾸만 확인하는 것은 혹시나
네가 거기 서 있을 것 같은 느낌이 들어서이다.

그러나 너는 아무 데도 없다.
금방이라도 내 이름을 부르며
나타날 것만 같았는데….

흉터

사랑에 미숙했던 나는
지난 사랑의 상처 땜에
겁쟁이가 되었었죠.

시커멓고 단단한 딱지가 생겼을 때
스스로 떨어져 나가길 기다려야 했었는데
뭐가 그리 급해서 얼른 지우고 싶었는지.

다시 입술을 깨물며 참아볼게요,
흉터가 생기면 당신의 기억 더 오래갈 테니.
당신이 가고 없는 하루하루
억지로 딱지를 떼어내고 싶은 맘.
내 가슴에 불 질러놓은 당신
모두 당신 탓이에요.

빨간 신호등 앞에 멈춘 내 마음.
길을 건널 수 없어요.
우린 이렇게 끝나는 건가요.

그리움이란
놈은

참 모질고도 질기다.
너를 향한 나의 생각은 밟고 밟아도
좀처럼 쓰러질 줄 모른다.
이젠 되었겠지, 하면 다시 또 일어서서
나를 허물어뜨리는 너를 향한 그리움.

너와 헤어진 지 여러 날이 지났다.
그걸로 끝인 줄 알았는데 갈수록
네가 더 소록소록 내 안으로
차들어오는 건 어찌된 일인가.

이제 더 이상 네 생각을 누르지 않아야겠다.
억지로 될 일이 아니라는 걸 깨달은 것이다.
눈을 뜨자마자 네가 생각났고,
나는 어김없이 네 생각에 빠져
또 하루를 산다.

나는 이처럼 네가 그리운데
너도 나처럼 내가 그리울까?

그래도
잊어야겠지요

우편물 겉표지에 당신 이름 세 글자,
참 선명하게 눈에 들어옵니다.
시집 속에 편지 한 장 끼워서 보내셨군요.

손이 떨려와 서둘러 약부터 찾아요.
온전한 판단력이 떨어져 버려
감정의 분열이 다시 올까 봐서요.
병원에서 말했듯 잠시 입원을 할 걸 그랬나 봅니다.
난 지금 편지 한 장 읽기가 이렇게 어렵답니다.

혼자 아파하고 혼자 견뎌낼
온통 나에 대한 걱정.
당신 성격처럼 편지는 정갈한데 어머,
지독한 향기까지 보내셨군요.

편지지에 스며든 담배 냄새. 잔인하네요,
다시금 당신의 모습을 그려지게 하다니.

그래도 잊어야겠지요.
염려 마세요, 당신 바람대로
잘 살아갈게요.

기다린다는
것은

너를 만날 수 있다는 기대감은
나를 절로 행복하게 만든다.

때때로 그런 행복감이
커다란 절망으로 바뀔 수도 있지만
너를 생각하며 기다린다는 것은
분명 행복한 일이다.
기다림이 아무리 쓰라리다 할지라도
능히 참고 견딜 수 있는 것은
너를 만날 수 있다는
단 하나의 소망 때문이었다.

오랜 기다림 속에서도
결코 포기하지 않는 있는 까닭은
너를 사랑하는 마음이
하나도 가시지 않았기 때문이다.

애가
타요

기다렸어요.
난 늘 기다려야 하는,
기다릴 수밖에 없는 사람이니까.

연휴 마지막 날, 혼자 있는
적막함이 싫어서 시내로 나갔지요.
가족, 연인, 친구들 수많은 사람들이
스쳐지나갔지만 당신은 없네요.
여기서도 난 혼자네요.
혼자일 수밖에 없네요.

약속되지 않은 기다림,
애가 타들어갑니다.

당신, 보고 싶어요.

온 세상
하얗게

노트 한 권을 들고 카페에 왔어요.
안개로 자욱한 호수가 보이는 창 밖 풍경,
액자 속에 담겨 있는 듯 고요한 아침입니다.
시간이 멈춰버렸으면 좋겠다고 생각한 그때,
첫눈이 내리기 시작했어요.

눈시울이 붉어집니다.
첫눈은 곧 당신을 향한 갈망으로 남겠지만
온 세상 하얗게 뒤덮는 아름다운 풍경에
난 잠시 넋을 잃고 바라봅니다.

내리는
저 눈을
그대도
보고…

첫눈 같은 인연이었지요,
그 많은 시간과 공간 속에서
당신을 만날 수 있었다는 것은.

그 인연으로 말미암아
나는 또 얼마나 많은 시간들을
하얗게 새울지.

눈물을 감추기
위해

눈 내리는 날,
조용히 눈을 감으면
쓸쓸한 내 마음의 간격 사이로도
눈이 내리고.

내리는 저 눈을 그대도 보고 있겠지?
눈은 쌓여 있기 위해 먼 길을 온 것이 아니야.
눈물을 감추기 위해 잠시 시치미를 떼는 것이지.
비로 내리면 우는 소리 금세 들킬 듯해서.

그대 있는 곳에 흩날리는 눈발은
그대에게 가 닿고 싶어 몸부림치는
내 마음이야.

슬픔을
사랑하겠다

저녁을 사랑하겠다.
해질녘 강가에 드리우는
노을을 사랑하겠다.
노을 속에 물결이
아름답게 일렁이는 것을 사랑하겠다.
가장 그리워하는 사람,
아니면 내가 가장 그리워했던 것들이
속절없이 저 노을의 세계로 흘러 들어가는
강가를 사랑하겠다.

나는 그렇게 저녁마다
수없이 그대를 떠나보내는 연습을 한다.
내 속에 있는 그대를 지우는,
혹은 그대 속에 있는 나를 지우는,
그 안타까운 슬픔을 사랑하겠다.

말라가는
기억들

언젠가 당신이 선물해주었던
꽃들이 시들었어요.
작은 서재 책상 위에 걸어놓았는데….

차마 걸어놓지 못하겠어요.
우리의 선명했던 기억들이 부서지듯이
곱게 말렸던 꽃 이파리들
창문을 열면 바람에 날릴 것 같아요.

며칠 전, 아파트 길 건너편에
아담한 꽃가게가 생겼던데
그곳에 한번 가볼까 해요,
당신과의 추억 속 향기가 담긴 꽃은
결코 못 사겠지만.

정류장을
지나치며

무작정 버스를 탔어요.
사람들 속에 섞이면 좀 나을까 해서.
외로웠거든요.

어느 정류장이었죠.
내가 탄 버스에 당신이 올랐고,
당신과 나는 한참이나 함께 갈 수 있었죠.

마침내 당신이 내려야 할 정류장에 다다랐고,
당신과 함께 내려야 하나 한참이나 망설이다
나는 그냥 자리에 앉아 있습니다.

잠시 꿈을 꾼 걸까요?
눈 떠 보니 이미 버스종점.

내 가슴에 난
바퀴자국

버스가 지나갔다.

내 삶에도 많은 버스가 지나갔다.
특히나 '사랑'이라는 버스가.

혼자 정류장에 서서
멀리 사라지는 버스의 뒤꽁무니를 바라보는 것은
얼마나 쓸쓸한 일이었던지.
함께 버스를 타고 갈 수 없다는 그 사실이
나한테는 얼마나 큰 절망이었던지.

내 가슴에 난 바퀴자국.
사랑은 그냥 그렇게 지나가는 것일까.
우리 삶에 깊은 상채기만 남긴 채….

당 신 이   그 리 울   때 면

당신이 그리울 때면 한 편의 시를 쓰겠어요.

더러는 눈물 섞인 시, 더러는 한숨뿐인 시, 안녕이라 쓰고서
다시 그리움이라 말하는 시를. 당신은 내가 그려놓은 시 속
에 살아 숨 쉬면 되는 거니까요. 내가 찾고 싶을 때 볼 수 있
고 만날 수 있는 거니까요.

생각해보니 우리 사랑한 그 모든 것들이 한 편의 시로, 한 구
절의 시어로 내 가슴을 촉촉이 적시고 있어요.

잊을 수 있다면 그게 사랑이겠어요?

사 랑 하 는 그 마 음 으 로

하필이면 나는 헤어지고 나서야 알 수 있었지, 내가 얼마나
너를 사랑하고 있었는지….

너를 만나서 기쁜 일도 슬픈 일도 있었어. 때로 야속하고 원
망스런 일도 있었지만 그것 또한 사랑의 한 종류였지. 그렇
게 너를 사랑하면서 알게 되었어. 사랑은 이루려고 해선 안
되며, 사랑하는 그 마음으로 다 이루어진 거나 마찬가지라는
것을.

고마웠어,
너를 사랑하게 해줘서….